En una hermosa y próspera ciudad llamada

Hamelín, vivían todos muy contentos con su

alcalde. Pero el número de ratones aumentaba...

Hasta tal punto invadieron todo. que la ciudad empezó a derruirse roída por los ratones, creando el descontento y amenazando el orden.

Los roedores no perdonaban ni los quesos ni
las cortinas: por todas partes había agujeros;
el alcalde tuvo que pensar en una solución.

Mientras daba vueltas al asunto, llamó a su puerta un joven flautista con una capa roja, quien afirmó poder acabar con todo ello.

La idea de lograrlo con la música pareció
absurda al alcalde pero él le contó su éxito en
otros países donde le dieron hasta 1.000 rubias.

Ante la insistencia del pueblo, el alcalde aceptó el plan y prometió una recompensa. El músico dio su palabra de cumplir el encargo.

En cuanto empezó a tocar la flauta sonó una
melodía maravillosa que atrajo en seguida a
los ratones y los arrastraba con su poder.

Y de este modo fue llevándoselos tras de sí

hasta llegar al río donde se ahogaron todos.

Había realizado su cometido.

Así se dirigió de regreso a la ciudad

satisfecho y decidido a cobrar lo que le

correspondía según su trabajo y lo acordado.

Pero el alcalde y los habitantes de Hamelín,

ya felices sin ratones, no otorgaron valor a su

hazaña y no le quisieron pagar.

¿Cómo podían hacer esto ahora que se habían librado de su desgracia? —se dijo el flautista—. Ya verían. Y comenzó de nuevo con su música.

Esta vez, los niños del pueblo que la oyeron se pusieron en pie como encantados y empezaron a seguirle alejándose cada vez más rápido.

Nadie podía creerlo; se hacían conjeturas sobre si los niños se cansarían antes de poder cruzar la montaña y acaso regresarían…

El flautista dio al pueblo una lección pero también pensaba en el bien de los niños y que fueran más felices en otro país mejor.

Mientras le seguían contentos, una puerta se
abrió misteriosamente en la montaña de detrás de
la cual jamás ni los niños ni el músico regresaron.

Todos los habitantes aprendieron que debían ser fieles a la palabra dada siendo justos, y siempre lo recuerdan cuando la música suena.